花實叢書第一四五篇

歌集

白夜の鷗

中村美代子

現代短歌社

目次

三十一文字　一九九一～二〇〇〇年

カバーデザイン　草地元

白夜の鷗

三十一文字

一九九一～二〇〇〇年

ささゆりの彩

一九九一年

はるかなり里の裏山ささゆりの彩(いろ)と匂ひを恋ふる初夏(はつなつ)

雑念は消えゆき深夜にひとり聴く雨音心の底まで沈む

霧降りて視界狭まる圏谷に黒百合不意に群れて現はる

木曾駒ヶ岳

岩たばこ滝のしぶきのかかるまま茎上げて咲き濡れて耀ふ

若狭　野鹿谷の滝

故郷を訪ふは原発訪ふことと帰省の旅路重くなりゆく

美山町京北町と山守る暮し確かなる街道を過ぐ

さよならと言ひし言葉の向かう側言ひたくなかつた我の残像

赤蜻蛉勿体無き程飛んで来て吾子にまとはり我にまとはる

美ヶ原

躊躇ひて迷ひて一歩踏み出せぬそのままの我良しとしてをり

別れゆく恋物語読み終へて庭に散り敷く落ち葉集むる

鬱々と厨に立てる夕暮れに圧力鍋の激しき蒸気

暖冬に大きく咲ける山茶花の鶫四五羽を遊ばせてをり

残照の移り行く色背に受けて凛と連なる山と裸木と

黄金色の窓辺

一九九二年

雲晴れて初日出で来る時を待つ待つと言ふこともう始まれり

生きてゐる事を座標の軸として個性強かる子等と向き合ふ

渓谷に沿ひて登れり水の面光降り来て煌き走る

耕しの始まりし畑黒々と道路予定の荒れ地残して

一時間独りの時間と決めて来しコーヒー店の外は梅林

車なら持てると言ひて西瓜茄子瓜など母は数多採り来る

君などと詠ふ術なく過ぎ去りし青春遠く淡き後悔

有名と言ふ隔りの厚き壁築きて君はまた遠ざかる

揺り椅子に一人の午後を委ねをり桂輝く黄金色の窓辺

小春日に終日桂落葉す人の気配のごとき音して

離れたき話題拡ごる席に居て即席コーヒーぬるくなりゆく

樹の芽ほぐるる

一九九三年

虎落笛（もがりぶえ）夜半に聞く時顕ちてまた消えゆく遠き人の面影

鳥寄せて写真撮らんと枝々に餌（ゑ）をつけて待つ科学部の吾子

次女中学生

追儺（ついな）の豆とろ火に鍋を揺りて炒る追ひ払ひたきもの思ひつつ

夜を騒ぐ恋猫のこと疎みつつ恋知らぬ子か机に向かふ

長女高校生

子を持たず甥姪深く慈しみ生きましし伯母送る花冷え

谷間（たにあひ）のかそけきせせらぎ聴く路に水好むらし花筏咲く
武州　宿谷の滝

やはらかに雨降る宵は樹々の芽のほぐるる音の密（ひそ）とあるべし

雨かかる笹に吊りゐる短冊の願ひごとみなささやかにして

重治も武夫も厳しく否定せる三十一文字にひかれきにけり

脈絡の無き作品の並ぶ部屋心惹かるる絵の一つあり
山梨県立美術館

空気澄み裸木大きく凛と立つ関東地方に住みて久しき

雪の道

一九九四年

故郷の街思はする雪の道人の踏みたる跡をまたゆく

葛藤を体験中と子は言ひて食欲も無く迷ふ日過ぐす

新しき学びの道に入る子らパイプオルガン響くチャペルに

長女大学入学

げんげ田を駆け抜け夕べの海に入る太陽を見に子らと急げり

伊豆　土肥温泉

赤みさす樵の和毛に注ぐ陽の光り日毎に強くなりゆく

ゆくりなく子も同じことつぶやけり燃ゆる緑に恐れ抱くと

緑濃き木陰に白き十字架のどくだみ咲きて梅雨に入りゆく

それぞれが家族の手術済むを待つ病状などを時折言ひて

次女中三　半月板手術

車椅子松葉杖へと病院の吾子の生活日毎かはりぬ

日に幾度向きを変ふるや抱卵の鳩と眼の合ふ一瞬もあり

抱卵の鳩の貌こそ誇らしげ産み育つるに迷ひのあらず

足癒えて体育祭に駆くる子の後遺症無き姿確かむ

邯鄲の声止み間なく聴く窓辺心優しき友に文書く

一抹の不安はねのけわが手にてハンドル握り向かふ検診

他人事(ひとごと)を聞くが如くに聞きてをりがん細胞の我に宿るを

入院を待つ我の為休暇とり夫は誘ふ展覧会に

入院の朝に見て来し柚子の実のほの黄色きをベッドに思ふ

寒の満月

一九九五年

蠟梅の数多のつぼみ輝かせ新しき年明くる日の射す

福寿草咲きて蠟梅香り来て吾子の合格通知届けり
次女高校受験

明日のこと思ひわづらふ吾に向き寒の満月果てなくやさし

春愁の域をはるかに越ゆること地下鉄に乗り毒撒けるとは

悍(おぞ)ましきニュース伝ふるラジオ消し土筆のはかま黙々と取る

桃畑陽のぬくもりのとどまりて花の枝々睡れるごとし
武州　滝ノ入

ひっそりと静まり返り透き通る世界時をり我が裡に生る

風吹きて一片二片舞ひ落つるハンカチの木の白きを拾ふ
小石川植物園

かなしみを誰に伝ふることも無く橅の木に降る雨を愛しむ

そよ吹ける風に揺れゐる花魁草(おいらんさう)奇(あや)しき匂ひふはりとどく

逃れ得ぬ酷暑ぢりぢり軍国の呪縛に似ると書く人のあり

カナダへの旅

ロッキーの雪抱く山染めゆける朝日を冷気の中に眺むる

足元に寄りて鳴きゐる子栗鼠の眼警戒心のあるとも見えず

車停め遠くを走る黒熊を教へ合ふ声嬉々としてをり

生かされてをりし幸せ手術後の吾に再び誕生日来る

余命など想ふことあり秋の野を静かに撫でて風の吹く時

木彫の乙女の胸のまろやかに螺旋描きて木目沿ひをり
小野直子氏彫刻展

若狭の僧

一九九六年

賜はりし今日と思ひて暮らせよと病後のわれに母の文来る

もんじゆとふ厳かなる名付けたるも事故は起これり故郷の街

ひろごれる不安抱きて見る映像原子炉の水拭ける人らの

虚飾など要らぬと思ふ裸木の枝の先々天に向き伸ぶ

風に乗り香り通りへ越えて来つ庭奥に咲くをがたまの花

梅捥ぎも田植ゑもすみてせせらぎを護る人らの蛍の祭り

青々と繁れる森へ駆け行きぬ髪さはさはと鳴らす風受け

普賢とは文殊とはとて説きたまふ若狭の僧の文読み返す

巻町の反原発の意志を聞く案ずるのみに過ぎ来しは我

故郷を思ふ心に刺のごと痛みとなりて原発はあり

かあちゃんと呼びかくる役とりあへる施設の子らの飯事遊び

早朝の国際電話吾娘よりの掏摸(すり)に遭ひたる報告なりき

長女英国短期留学

財布盗り逃げたる人の生活(たつき)にも思ひめぐらし子は帰国せり

行きずりの人に助けてもらひしと無事帰国せる子の声弾む

雪渓に湯けむりたてて流れ込む鑓温泉の下を降りゆく

下り来て再び仰ぐ白馬（しろうま）の頂遥か霧にけぶらふ

土の無き舗道に落ち葉留まらず風の動かすままに飛びゆく

マロニエの花

一九九七年

若き日に荒波を見に幾度も通ひたる海重油に汚る

冬浜の石につきたる油拭く作業映せる画面に見入る

原発の事故よりよきか人手もて為す術ありぬタンカーの事故

諍ひし子の部屋に入り布団干すせめて与へん陽のぬくもりを

われもまた弱き者なり春の宵死刑廃止を説く書に向かふ

パリ・ミュンヘンへの旅

マロニエの花の盛りのパリの街教会の塔目指して歩む

それぞれの国の言葉に囁ける声を聞きつつ見入るモネの絵

オランジュリー美術館

雪解けのイザール川の水豊か芽吹き初めたる樹の下流る

メーデーに店みな閉ざし集へるかマリエン広場に演説聴ける

ミュンヘンの街の芥箱撮しおくリサイクル会の友への土産(つと)に

旅の荷を解くいとまなく風邪に臥す子に炊く粥の米研ぎ始む

紅き花人にゆづるな恋得よと説きましし師も若狭に遠し

通信簿見せられぬ子も一人ゐてわれにも重き夏休み来る

矯正展に求めて来たる女下駄鼻緒の殊に強く挿（す）げあり

かはらけのふはりふはりと飛びゆけり神護寺の渓青々として

公園もドームも川もうつしゐに幾度も見き今日は吾が立つ

広島

異国語もみなひそやかに語らるる原爆記念館を巡る人々

ナイターの歓声聞こゆる街中に原爆ドーム照らされて立つ

一息に稲刈り鎌を引き寄せて初めて刈りし稲束匂ふ

花のごと柚子実りたる谷あひの坂道左右に曲がりつつ行く

梅の散る頃

一九九八年

水源に小さき地蔵祀りあり真新しかる注連縄匂ふ

雪の道歩く上手さと雪掻きの上手さ自負せり雪国育ち

義父と行く通院の道僅かなる段差に足を幾度も止む

病院の人に受けたる親切を数へ上げては義父喜べり

足弱くなりたる義父を支へつつ治療室へと歯科医手を引く

馬鈴薯の種切る夫の側に来て義父はてきぱき手順指示する

寝たきりとなる前に逝く信念を持ちいませしか義父の急逝

朝餉にと炊きしお粥もみそ汁も義父逝きませば膳に冷えゆく

梅の里に住みて梅の絵数多描き義父逝きませり梅の散る頃

縁ある人等に請はれ差し上げて義父の遺作の少なくなりぬ

残されし畑を耕す夫とわれ義父の楽しみなぞれるごとく

さつま藷植うる日取りも段取りも義父の日誌に残されてあり

今しばし生命あること許さるる検査結果に涙出で来る

待つ人を気に掛けつつも丹念に地蔵菩薩の御身ぬぐへり

巣鴨とげぬき地蔵

鳥海山

人数多上り下れる岩に佇ち山寺に鳴く蟬の声聴く

石と石自然のままに積み古りぬ鳥海山の頂上に立つ

大雨も抱き流るる最上川濁りて速し草も流るる

豊かさの指標一位の故里につましく在す父と母とが

美しき水晶浜（すいしやうがはま）その先に原子炉の塔白く聳ゆる

紅葉せる笛吹川の源流の脇下りゆくトロッコの路
西沢渓谷

青緑の滝壺に散るもみぢ葉をときをり射せる陽が輝かす

「冬の日の幻想」ラジオより聞こゆ立冬告ぐる声も重ねて

なぜと聞きどうしてと問ふ幼子に答ふる言葉選りつ探しつ

本当に大事なものをつかむ手になれと願ひて幼き手引く

歳晩の御墓掃除に来し人ら互ひに交はす穏しき会釈

青きまたたき

一九九九年

大都市へ電気送れる故郷の送電線は木枯しに揺る

雪と雨われを迎ふる如く降る十年振りの冬の若狭路

シリウスを共に好みし二人なり無言に仰ぐ再会の宵

シリウスの青きまたたき裸木の枝先越しに我ら誘ふ

オリオンが好きと言ふ子とシリウスの魅力も語りて仰ぐ冬星

勢ひの強き人らに会ひし後茶房にひとりオカリナを聴く

「冬の旅」を音高く上げ聴く夫の霜置く髪の後姿（うしろで）さびし

記名をと子に請はれたるドナーカード預かりしまま迷ひに迷ふ

山穿ち谷を埋め立て桜植ゑ公園成すとふこの里山に

山壊す計画の下（もと）少しづつ道を作ると木の伐られゆく

まなこ閉ぢ耳当てて聴くひたすらに橅の水吸ふ音なるものを

逃ぐるなく二羽の目白の鳴き交はす李の花の下に草引く

足音も吸ひ込まれゆく森の中決めかぬること胸に歩めり

燃ゆるあり静もるもあり新緑の両神山に躑躅咲き初む

枝打ちの済みたる檜香り立つ顔振峠へ向かふ山路に

幾度も銃の惨事を報じゐる国へ行くとふ吾娘止められず

外国へやがて行く娘に振袖を夫と選りゐて暫し華やぐ

室生寺のみ仏展の賜物は地蔵菩薩の深きまなざし

逞しき青年となり訪ひくるる留学前に夢伝へんと

米国在住　佐柳邦男氏

山靴を並べ置きたる宿の棚野菊一輪ほのかに匂ふ

思い出のイギリス

物乞ひに珈琲代を請はれたりエディンバラ城仰ぐ通りに

百面相なして幼を笑はする青年の瞳のみどりに澄みて

緑なす陸(くが)の果たての海に向き古城の荒れて潮風受くる

タンタロン古城

逢ひにゆく時

朝露に足元濡らし捥ぐトマト昇り初めたる陽に輝けり

逢ひにゆく時にくるくる回しゐし真白き日傘古りて黄ばめる

三十年余り掛かれる古時計盆に訪ひ来し実家（さと）に螺子巻く

農作業出来なくなりしこと託つ母に耳貸し一夜過ごしぬ

台風もゆきて日本の空晴るる夫が帰国の機も近づかむ
スロベニア　一ヶ月余の滞在を経て

太々とたまご抱きつつ蟷螂が身の丈超ゆる青虫を食む

引き寄する記憶の中の一日は故郷の秋海を見てをり

思ふこと言はず黙せる気楽さも時には良きと聞くのみにゐる

怯えつつ検査結果を聞くための待合室にわれも居並ぶ

俯きて診察室を出で来たる人の涙にまたも出会ひぬ

粗樫と白樫の葉を比べつつ我に親しき一葉をしまふ

かの齢(よはひ)かの体軀にて手術受くる母を思ひて一夜眠れず

手術後の母を護りて一夜過ぐ朝よりしぐれの若狭の初冬

シリウスの一点仰ぎ佇てる時いつも問ひ来つこれで良きかと

瑠璃鶲の背

二〇〇〇年

捨つるべきものを捨て去る勇気無く二千年とふ年迎へたり

老いの手に操作しやすきラジオ選り入院長き母に送らむ

酒もやめ煙草もやめし老い父の小さき声を受話器より聞く

十一面観音像の後姿（うしろで）の笑まふ顔（かんばせ）　薄日に仰ぐ

暮れかかる峡のせせらぎ縫ひて飛ぶ瑠璃鶲の背残照に映ゆ

沖縄へ旅する前に子らと読む本を購ふ春立つ街に

爆音も鉄条網も触れぬまま沖縄本島バスにて巡る

暮れ迫る摩文仁の丘に佇ちて聴く海越えて来る風の囁き

沖縄の観光バスの運転手の傍らにあり大田氏の書が
大田昌秀知事

砂糖きび穂先のなべて天指すとガイド指差す沖縄の畑

櫨の葉の巻毛ゆるゆる開きゆく頬杖つきて眺むるうちに

父母に会ひに行く旅ひとりたび光る五月の海も恋ひゆく

真昼野に蜥蜴を口に銜へ来る猫と目の合ひ後ずさりする

職退きし日は杳かりき少年の暗き目差し憂へしことも

旅立ち

庭に生ふる香草紅茶にきざみ入れ夏の一日これより始む

山車に乗り太鼓打ちゐる旧友にそつと手を振り娘は別れ告ぐ

山車に付き歩みて街並み目に納め子は異国へと旅立ちてゆく

祭り果て家路戻れる子と仰ぐ空にさそり座きは立てる赤

隣り家の犬とひととき遊び来て子は出立の靴に履き替ふ

長女米国留学

初めての逢瀬に星を見にゆきしプラネタリウム閉館さるる

だんご虫蒐（あつ）めて箱に持ちし子が今大学に生物学ぶ

次女

キスカより奇跡の生還せし父が終戦の日に静かに逝けり

今世紀最後の月食見しことも記されてあり父の日記に

喘息の我の発作を鎮めんと父は背負ひて夜を明かししと

松茸の山は誰にも告げぬまま父は逝きたり山深き地に

語り合ふ時は少なく逝きましし父よりの文束ねて厚し

ゆつくりと傘を展げて降り立ちぬ時雨の町には母の待ちをり

凍てつける畑に葱の一本を時かけて引く傷めぬやうに

ベン・ネビス

二〇〇一～二〇一〇年

セビリアの空

二〇〇一年

群れをなす小雀(こがら)に混じり横縞の背を見せ小啄木鳥(こげら)が何か啄む

寺町の黒き板塀続く道湧き来るごとく綿虫の舞ふ

生きものの気配幽き枯れ野行く乾けるものの音を聞きつつ

雪積もる道を提げゆく小包の宛先さらに寒きイリノイ
長女在住

衰へし視力に仰ぐ寒昴鋭くものを見んと欲して

十五年の介護生活を終えた姉との旅

オリーブの木下に生ふる草食みて山羊は時折首廻しをり

シエスタのトレドの街の石だたみ吾が一行の靴音のみす

街路樹のオレンジの実は輝けりセビリアの空晴れて雲無し

桜にも似たる色して形してアーモンド咲く並木道行く

大鷹が上昇気流に乗りて舞ふ木々の秀の上望む天空

越生　大高取山

時差越えて母の日を言ひ電話呉る長女の声の明るきに足る

亡き義父が好みし画材の百日草種こぼしては三年咲き継ぐ

紫のセージの花をひとつづつ余さずめぐりて花蜂離(さか)る

南仏・コートダジュール

迷ひつつ訪ぬる街のそここに噴水のありエクスアンプロバンス

セザンヌの絵の色のまま南仏の聖ヴィクトール山霧晴れて見ゆ

地図広げ教会の場所尋ぬるに少年身振りす後に続けと

グラース

フランス語話せぬ我らに少年が塔見ゆるまで案内しくるる

電話機もテレビも置かぬバンガロー窓開け放ち波の音聴く

音たてて小さき鳥がオリーブの実を食む姿長く見てをり

落鮎の荷より出で来し姉の文母を看取れる歌も添へあり

薄の穂なびける原を遠ざかる二両の列車君を乗せゆく

去来せるさびしきことのひとつなり蕎麦の苅りあとほの赤き茎

飛躍へと誘ひくるるか一語得て反芻しつつ幾日か過ぐ

時の鐘仰ぎて立てり霜月の小江戸の空の雲は疾く行く

少年ら談笑しつつ現はるる小江戸川越武者隠しより

星奔る

二〇〇二年

星奔る空ひたすらに見し後は美しきことのみ思ひて眠る

降り止まぬ雨眺めつつひとり聴くフジ子ヘミングのラ・カンパネラ

かたち無く見えざるものの輝きをそつと受け止め冬の森行く

読み返す形見となりし父の文わが人生の岐路に重なる

救はるる一語にてあり父の言淡々としてこだはらずとふ

花吹雪舞ふ下(もと)に立つ仁王像木彫りも古りて指(および)の欠くる

武州　桂木観音

葉桜のトンネル歩む足元に散り敷ける蕊紅(くれなゐ)深し

杳き日に友と蒔きしを思ひ出づ駒込駅の花諸葛菜

香り立つ檜葉（ひば）の若葉のさゆらげり連歌を学ぶ酒折宮

ひとしきり鳴きたる後は黒鶫（つぐみ）渓に沿ふ枝めぐりてやまず

すだ椎の淡き緑に紛れたし息深く吸ひ鳥の声聴く

木落としの坂

肩寒くオホーツク海見て佇てり低き波音足元に聞き

自家用の馬鈴薯少し手掘りなす弟子屈町の人と語らふ

木落としの坂喘ぎつつ直登すこの坂下る勢ひ思ひ

身を寄せてそのぬくもりに抱かるる小春日和の万治の石仏

葉を落とし朱き実揺るるなかまど諏訪の湖畔の残照に照る

児の嘘を見抜くも頷き真向かひて眼を合はせつつその手を握る

児の嘘を見抜くも言はず頷きて背中撫でやる心和ぐまで

為すべきも言ふべきことも探し得ず泣く児の背中摩りて黙す

隣り家の幼は越してゆきたりき縫ひぐるみ抱き指吸ひながら

わが挫折子らに告ぐる日いつか来ん古き日記の黄ばめる頁

振り返り今ひとことを伝へたき思ひ留めて改札を入る

夜想曲（ノクターン）

二〇〇三年

何探し凍て土の上歩めるや鶫（つぐみ）目に追ふ物干す手止め

ひとり住む子の部屋決むる用ひとつ京の外れの駅に降り立つ

三女大学進学

逢瀬なる心地に冬の林ゆく樹にさやりつつ空仰ぎつつ

福寿草咲き初むる朝面接の試験に向かふ娘を見送れり

次女就活

春萌(きざ)す雨に潤ふ黒土に先づ小松菜の種を蒔きたり

残りたる家事は明日に持ち越さんショパンのワルツイ短調聴く

夜想曲（ノクターン）ピアノの澄める音を聴き一日終ふる灯おもむろに消す

緋目高の動き素早くなりて来ぬ春の日の射す鉢に水足す

能登への旅

真知子巻きなどと言ひつつショール巻き恋路海岸風受け歩む

迷ひ来て家持の歌碑見つけ得ず原生林の下に海見る

急降下なしゆく鳶の大き羽禄剛崎に立ちて見降ろす

鍬立てて畔塗る人の二三人棚田行き来し時折並ぶ

能登島の低き山々越えゆくにこぶしの白き花は真盛り

なつかしき加賀の言葉に迎へらる故郷若狭の訛にも似て

釣り好きの児

畦道に雀の鉄砲鳴らしゆく幼馴染も子らも遠かり

投函の後もかすかに悔い覚ゆ述べ過ぎたるや及ばざるやと

餌をつけ竿の持ち方教へくれあとは黙せり釣り好きの児は

土手に並み言葉少なき少年と夏の野川に釣糸垂るる

名と顔と「山の子の歌」重なりてひとりの少年思ふはつなつ

急ぎゐる仕事を止めて母よりの世間話に長く付き合ふ

存分に車椅子押しめぐりたり母の指差す先ををちこち

まみえぬ日長くし今年の夏を過ぐ近付けるとふ火星も遠く

砲痕残る

内戦の残したる痕瓦礫積む空地に草生すドゥブロヴニク

城壁の下は迷路の小さき街石段の先海へも通ず

海に向く大砲も置く城壁を涼しき風に吹かれて巡る

洩れ聞こゆモーツァルトのコンチェルト砲痕残る小ホールより

閉ざしたるホテルの屋根に砲痕の残るも見ゆく遊覧船に

糸杉の木の間に白壁赤き屋根アドリア海に沿へる集落

細工なす手にてカードも書きくるる銀細工師の指意外に太し

システィーナ礼拝堂に犇めきて祈る人あり絵に見入るあり

からまつの黄葉明るき山裾を誦んじつつゆく相聞の歌

咲き続くゆふがほの花三つ四つを白く顕たせて照る後の月

一瞬を喉(のみど)動きて実を飲めり鶫長く啌へをりしが

シュロスベルクの時計塔

大伽藍の天を目指せるいしきだの窪み光るを音して上る
セントシュテファン寺院

バルコンの席へと踏み行く大理石長き裾引くドレスの女と
ウィーン楽友協会

グラーツのシュロスベルクの時計塔街一望の位置に際立つ

白き実を付くる生垣続きたりベートーヴェンの住みにしあたり

ハイリゲンシュタット

産み終へてゆるゆる壁を這ひゆける蟷螂に差す低き夕光

青葉木菟

二〇〇四年

末の子の京の正月如何ならん巫女の姿にアルバイトすと

追儺の豆数粒まろぶ石だたみ本郷菊坂薄日の揺らぐ

枯れ葦の揺るる幽かな音に和し浅瀬流るる水音の立つ

自己流に切りつめし木々透かし入る冬の陽射しを窓深く受く

山裾のみてらの裏の日だまりに木鶸(びんずい)低く飛びては鳴ける

小さき声掻き消されゆく世の荒び冬の銀河は今宵くきやか

あをさぎの飛翔の止みてたちまちに田に降りたちぬ音もかそけく

彼の星も水たたへたる時ありと知りて新たに仰ぐ春の夜

母乗せて車椅子押しゆっくりと進めば白き蝶も付き来る

満開の桜仰ぎて佇みぬ幾年ぶりの母との花見

幼らのぐうちょきぱあの声弾む広き石段(いしきだ)散る八重桜

花贈る母の在せるさきはひを小さきカード書きつつ思ふ

植ゑ替ふる苗抱へゆく畔の道みかんの花の甘き香に満つ

波打てる椨の若葉のあさみどり弾みて訪へる房総は初夏

葉をたたみ夕べ静もる合歓の花かすかに揺るる淡きくれなゐ

二度三度声聞き留めし青葉木菟（あをばづく）闇深まれる向かう山より

よるべなき思ひに夕べを戻り来て「悲愴」聞きをり揺り椅子揺らし

白夜の鷗

訪ふ国は夏菜の花の盛りなり俯瞰させつつ機は降下する　フィンランド

銀色（しろがね）のシベリウスの像めぐりては海へと戻る白夜の鷗

祈りの灯二つ捧げし岩山の教会の壁撫づれば温し

テンペリアウキオ教会

ヘルシンキ中央駅へ急ぐ道穂絮（ほわた）舞ひ降る七月の朝

雨の中ムーミン谷は賑はへりピッピやロッタに似たる児もをり

北欧の児らのふるまひ自在なりムーミン谷の森に遊べる

月を見ず星も見ずゆく船の窓島影いくつ白夜に浮かぶ
トゥルクからストックホルムへ夜の船旅

入り組めるフィヨルドに沿ふ集落のひとつひとつに教会のあり

乗り換へのミュルダール駅に列車待つ寛(ゆた)に流るる時につつまれ

良き師得て子は学びをり戦争もメジャーリーグもある遠き国

日本食商ふ店にて材求め子は問ひて来るおはぎのレシピ

白萩のこぼるる坂を登り来て友の御墓に野の花手向く

過去のまた繰り返さるる負の予感打ち消して読む『昭和の記録』

おもねりて歌は詠むなとふ哲久の言葉ぞ深く胸にしまはん

坪野哲久

古代アゴラの石畳

ギリシャへの旅

上り来しリカヴィトスの丘晴れゐるに視界茫とす雨なき故か

首輪なき犬も伴ひ夕暮れの古代アゴラの石畳ゆく

青年のアルカイックスマイルのどれも謎めく像の幾体
アテネ国立博物館

綿摘みに集まり来たるロマの人野営の庭にシーツはためく

平和への神託の欲しデルフィのガイアの祭壇人ら囲める

買はざりし幼の売れるばらの花アテネの街に残し来し悔い

完治とふ言葉はつひぞ聞かざりき予後十年を迎ふる今日も

予後十年通ひ慣れたる癌研を背にし一歩を確と踏み出す

ひさびさに用無きひと日賜ひたり花豆煮つつ繰る古今集

肌寒き浜辺しぐれて崩れゆく砂の足跡波がかき消す

若き日の仕事なつかし晩秋の越美北線（えつみほくせん）しぐれも恋し

あかね雲映して光る冬の川やがて鋼(はがね)の色に鎮もる

異次元の世界かしばし揺蕩へり江ノ島に来て水母見飽かず

饒舌を悔いて戻れる細き道白き茶の花ほのかに香る

積木積み

二〇〇五年

雪折れの竹もくぐりて家族らと御墓への道新雪を踏む

消(け)残れる雪の間(あはひ)に摘む若菜土の匂ひもほのと立ち来る

初売りの呉服売場の客となり成人の娘へ半襟を選る

つかの間の華やぎ残し娘は発てり広げし晴れ着今日はしまはん

川沿ひは川より冷ゆる風の来て山を下り来し風とゆきあふ

積木積みくづして積みてきりもなし冬の日深く差す保育室

ひとりづつ白き取り粉を払ひやり幼き子らとの餅搗きを終ふ

受話器とる気力も失せし母なるか今日は声聞くことを諦む

平和なる暮しにふとも兆すかげ星川べりを物思ひゆく

熊谷市

ものうきは何処より来て留まるや花粉症とふみたて訝る

うべなへぬ裁き文読み暗くをりひそと崩るるわがよりどころ

新じやがをつぶして口に幾匙を運びてさびし喜ばるるも

また来ると言ひつつ包む母の手に一瞬強き力の生るる

またひとつ覚悟迫らる故郷を後にし思ふ母の衰へ

桑の大樹

スコットランド再訪

再びを訪はんと出だす古き地図エディンバラ市に折り跡深し

通ひゐし子の小学校は建て替はり高き柵にて囲はれてあり

セントピータース小学校

吹きすさぶ風に向かひて細き足すいと運べり北の羊は

丈ひくく露をふふみてヒース咲くスカイ島吹く強き風受け

ハイランドゲームを競ふ男らに風雨の中より声援絶えず

ベン・ネビスへ登山の夫を待ちながらエンヤ流るる小屋（イン）に物書く

夕風に小さく揺るる鷺草の飛びて行かざる飛翔のかたち

鶫が来て椋鳥が来て雀来て桑の大樹の実をわかちあふ

小さきは常に群れをり庭の木をはつか揺りつつ柄長飛び交ふ

ひだまりに蜂をあつめて咲く小花枇杷は優しき人を思はす

気品もてまろやかに鳴く朱鷺の声ラジオに聞けり今朝のたまもの

故郷の日の暮れ時に交はしあふ言葉なつかし深みゆく秋

迷ひなき意思持たんかなきつぱりと大接近の夕星(ゆふづつ)ををし

屋根の上の鳳凰の羽根凜と張り雪おく廂丸く反り上ぐ

銀閣寺

雪おける銀砂灘へと陽は注ぎ波のかたちに光を反す

雪の上に散り敷く紅葉の鮮らけし慈照寺の庭ひとりし歩む

賀茂川の土手を吹く風頬に受く子の住む街はかく冷ゆる街

古木の梅

二〇〇六年

たくはふる力見するか太き幹古木の梅が先づ開き初む

鳴き交はす雉子の声のみ高く聞く梅咲き満つる里の夕暮れ

摘み菜など入るるに良しと籠ひとつ勢(はづ)みて買へり春の縁日

せせらぎに一輪浮ける山椿ひとときは紅し木洩れ日を浴び

春浅き渓に沿ふ道丈低く山かたばみの小さく開く

をさなごと集ふ日思ひ購へりパステルカラーのブラウスを選り

三月のお別れ会は幼らと「はらぺこあおむし」テーマに遊ぶ

大き翅広げ飛び立つ蝶見せて「はらぺこあおむし」演じきりたり

あたたかきまろきひびきと覚えゐし朱鷺の声恋ひひた渡る海

芽吹きたる中に咲きゐる山桜湧き来る佐渡の霧にけぶらふ

ゆくりなき出会ひ縁とまみえたり不転と言ひます観世音像

新潟　瑞光寺

学位のフード

降り立ちしオヘア空港さはやかに風吹き渡り娘に迎へらる
シカゴ

学位授与のフーディングとふ儀式なり背（そびら）より師が授け賜へり

ガウン着て立つ後ろより懇ろに師は掛けたまふ学位のフード

試練越え学業終へし子と歩むキャンパス広く静もりてあり

烏瓜の花を一輪手折り来て一人の夜の食卓飾る

母在さぬ故郷となる山川か見つつ急げり母の葬へと

梅雨湿る部屋にたためる絽の喪服初夏に送りぬ母二人とも

義母の忌は夏椿咲きくちなしは母の逝きし日匂ひてゐたり

慈光寺の七十五坊の跡あたりまたたびの葉の白きが揺るる

道ゆづり立ち止まり待つ渓の脇枝差し交はし咲く花筏

失意の日迎へてくれし母の顳つ心弱れる子を待つ夕べ

孵りたる鳩は二羽らしふはふはと和毛揺らして頭めぐらす

騒めきは未だ聞かざり謐(しづ)かなる鳩の子育て慎みて観る

あと一羽残りゐたる鳩銜へつつ猫いういうと木より降り来る

悲し気に鳴く鳩の声諾はん子を奪はれし母の嘆きと

ひとことに背中押されしこともありゴンドラの歌揺るるぶらんこ

がま石の口に放れる石一つ納まりてまた霧の道ゆく
筑波山

母の手縫ひ

参道の両脇はしる水の音岩木山神社に木々みづみづし

津軽

色白の蝶嬴少女（すがるをとめ）も闊歩せり三内丸山遺跡広らか

初雪を踏みてめぐれる室堂に羽撃(はたた)くひとつ星烏とふ

立山

青澄めるみくりが池に映りゐる新雪の峰凜と揺るがず

半年の育児休暇と父親も嬰児連れ来スウェーデンより

マルティン・ニルソン氏

黒き瞳の金髪の児を抱きゆく浅草寺にて香煙も受け

玄関にもう見当たらず車椅子母の忌明けの法要に来て

庭先のお地蔵様のお掛けらし母の手縫ひの残る抽斗

リハビリのひとつか母の縫ひ溜めしお地蔵様のお掛けとりどり

言霊を信じてをりし母よりの誡め幾つ子にも伝へん

ともなひて歩むわが影あはあはと畔に末枯るる草にまぎるる

黄心樹(をがたま)の花

二〇〇七年

細き枝も皆凜として勁さ持つ冬の木立に心研がるる
早春の光に冴ゆる青き花星の瞳のまたの名を持ち

鶫のほしいままなる臘梅の零れこぼれて積める黄の色

病み伏しし遠き春にも飾りたる雛（ひひな） 古りたり子も育ちたり

せせらぎのほとりに生ふる櫟の枝にさみどり色の山繭揺るる

子の住むは鯖街道の到着地賀茂川の橋渡れる手前
出町柳

絵を描く節子に力与へたる余呉の湖より水鳥の翔つ
早逝の画家三橋節子

ねんごろに教へ下さる翁在し秋篠寺に交はす言の葉

去りがてに御仏の前長く居て秋篠寺の三和土（たたき）に冷ゆる

賑はへる通り隔ててゆく道に俯き咲ける馬酔木の続く

持ち帰りませとて笑みて渡さるる興福寺はも大吉の籤

らふそくと線香苞に求め来ぬうつそみになき父と母とに

帰り来ぬ子へ送らんと作る荷に黄心樹(をがたま)の花十余(とをま)りも添ふ

額寄せて梅花空木に香のあるを児らは確かむわが庭に来て

下町の家並み近くを行く電車柴又駅へ三分を乗る

子と上げし御明かし二つほのぼのと帝釈天の堂に揺らめく

下町の居酒屋に来て酌み交はす娘には酒量を慎めと言ひ

山の靴履く

緑濃き山浮き立たせ初夏（はつなつ）の花火揚がれる町に住み古る

世界無名戦士慰霊祭

セロ弾きの「星めぐりの歌」「鳥の歌」聴きて今宵は一人の留守居

「いはゐつら引かばぬるぬる」この沼のあたりに香り合歓は真盛り
越生町大谷

匂ひたつ合歓の木立の木下闇万葉の歌碑訪へる山路に

凌霄花（りようせうくわ）たつぷり咲ける父の庭ひと日仏間を開け放ちおく

メークインを少しは残しくれたりき猪の来て荒らしゆけるも

訪へぬまま白根葵の花思ふ山の天気図見つつ日を過ぎ

咲き終へて宵待草のあはあはと薄明に浮く桃色をおび

日光白根山へ

思はざる賜りものの一つなり足腰癒えて山の靴履く

新潟県中越沖地震

橅の木も大地も揺れし地震(なゐ)のこと頂上に来て仔細聞かさる

かぶと虫大好きと言ふ兄妹(あにいもと)取り合ひ泣きて得しは妹

高き香

ゆつたりと大楓の枝拡ごれる樹下のベンチに栗鼠も眠れる
トロント

大滝のミストに濡るる藤袴ナイアガラ見て立ち尽くす先

夜半に覚め寄れる窓辺にゆくりなく月下美人の高き香を聞く

山法師の朱（あけ）のつぶら実待ちがてに画眉鳥が食み鶫が食む

明日発てる子の淹れくれしコーヒーの香れる夜半を邯鄲の声

稲刈りも松茸採りもありたりき故郷の十月わが生まれ月

母よりの誕生祝はもう絶えて花野を渡る風の声聴く

佐渡びとの物言ひ優し温かし心解きたる流人もあらん

こがれ来てつひに聞きたる朱鷺の声あえかと言はん優しと言はん

時折に羽広げ見す朱鷺色を貴なる色と見つつし覚ゆ

夕鶴のつうの哀しみ離るるなし佐渡国中（くになか）に鶴（たづ）鳴き渡る

昨日来たる風情にあらず悠然と大白鳥は十和田湖に浮く

肌寒き湖のほとりに向き合へる乙女の像の四肢の強靭

越えゆけぬ大滝の下泳ぎつつ大き背見する岩魚一匹

奥入瀬

快く冷ゆるひとさし指をもて冬の星指す裸木の上

寒すばるひとつふたつと数へゆく年越しの鐘間遠に聞きて

なぐさめも気休めすらも伝へ得ず病みゐる友の年越し思ふ

青き交信

二〇〇八年

重なりて空に向かへる枝透きて瞬ける星青き交信

緑めくつぼみに白き和毛生え三椏群生の林明るむ

越生　大高取山

おほぞらを透かす枝々交叉して冬芽の光る林は素描

瀬の音は渓のかたちに従ひて時に高まりしぶき煌めく

森を出で林を出でて町に住みまた森に来て言葉を探す

香の立ちて丈低きまま咲き盛る深山梻(みやましきみ)の花色淡し

どくだみの匂ひ移れる手も親し忌むべきものは私利私欲なり

老鶯の声を真似るか画眉鳥の長く啼きつつリズムをくづす

浅草岳

登りつめ息整ふる目の前（さき）に姫小百合あり彩ふくよかに

二つ三つ開き初めたる姫小百合雪渓渡る山風が撫づ

雨霧は濃きと薄きに流れつつ山の遠きと近きを別つ

ルーベンスの家

大桶に桜鯎（うぐひ）の泳げるを見てゐし我のおかつぱ頭

母もかく畑に手元の暗むまで過ぐしたりしか心放ちて

鳴き方も餌（ゑ）の取り方も習ふらし鵯（ひよ）の親子が庭を離れず

身の丈の未（いま）だ小さき蟷螂が瓜羽虫食む始終を見たり

朝顔の名は団十郎その花は許色（ゆるしいろ）にて大きく咲けり

ゆきあひの空の下（もと）なる一本（ひともと）の秋冥菊の一輪の花

はなやげるアントワープの旧市街路地に苔むす石だたみ行く

見終へたるトゥーランドットの余韻ひきアントワープの満月見上ぐ

二階まで届く一位の大木に朱の実豊けきルーベンスの家

伝承の工法ならむ石だたみ敷き直しゆく若き工夫ら

走り来し野の道何処(いづへ)草の実のあまた付きたる夫の靴下

蛇の目を開く

水白くひかりて勢(はづ)む滝の上にひとときは燃ゆる名残の紅葉

竜頭の滝

もう明日は閉ざさるる路草の葉の紅葉褪せゆく金精峠

コスモスと赤のまんまは刈り残し共同作業に空地整ふ

幼な児と桜紅葉の虫喰ひ葉拾ひて覗く高き青空

幼な児に習ふ「寿限無」の歌ひとつ団栗山へ向かふ道みち

照りながら名残の黄葉ゆるらかに舞へる八角三重の塔

信州上田　安楽寺

子を待てる母の姿かひつそりと無言館にて古りゆく坐像

あたたかき母の手胸にきざめるや彫(ゑ)られて残る華奢なる両手

彫（ゑ）られたる小さき母の手つつましく無言館にて秋を冷えゆく

声のなき叫び背負ひて下る坂無言館にて聴きしもろもろ

故郷は時雨の頃か色褪むる母の形見の蛇の目を開く

まばゆき金星

二〇〇九年

外に出でて夕空見よと打つメール共に眺めんまばゆき金星

千両も南天もみな糸外し寒に訪ひ来る野鳥に饗す

さびしかる人との出会ひ重ねつつ棲(す)まはせ来たり夕鶴のつう

ノックする様に玻璃戸に来たる鶺眼の合ひたるはたまさかのこと

今つらき人に捧ぐるものの無く光の春の遍きを念(も)ふ

選びたる責めとし負へる者ありや自国の首相嘲笑しつつ

読む文字の茫と霞みておぼろなりさやうならとふ末尾は更に

鴫(しめ)の尾の先の白さの際だてり曇る朝(あした)の庭に長居す

樹の声を聴くと耳当て動かざり児らそれぞれのポーズを保ち

波の音聞きつつ歩む海の岸砂は音無く雨を吸ひ込む

ほとけのざぺんぺん草も草と引き馬鈴薯植うる畑(はたけ)整ふ

庭に来て小鳥一羽を狙ふ猫身じろぎもせず眼（まなこ）光らす

故郷（ふるさと）に正造ありと夫の言ひ吾は哲演誇ると応（いら）ふ

田中正造・中嶌哲演

大鷹か青葉若葉をへめぐりて高取山を統べるかに舞ふ

華甲の集ひ

はるかなり十五の春に別れたる友ら思ひつつ故郷へ向かふ

車窓より小さき杜の過(よぎ)りたり桜ひともと夕陽に映えて

父母の在さぬ故郷の春なれや友呼びくるる華甲の集ひ

乗換への敦賀の駅に聞く言葉「ほんま」「おおきに」短きが良し

おぼろなる記憶たどりて彼の門の前に立ちたり山川様の

花の雨ほそぼそ濡らす庭に向く登美子臥床の障子開かる

薄月にほのと桜の浮かびたち登美子の恋の真実を想ふ

暮れかかる野におぼろなる黄の色の花にも別れ村を後にす

朱鷺の羽

やさしみて阿修羅の像に注ぐ眼のぶしつけなるを時に伏せたり

さへぎれるガラスのケースはらはれて阿修羅のかひな緩らかに伸ぶ

いさぎよく哀しむべきは哀しまん阿修羅の視線ひたすらに受く

ひかれたる左横顔胸内に納めて罷る阿修羅展より

ほのほのと桜色なるいしぶみに筆跡（ふであと）ゆかしさくら詠まれて

佐渡鷲崎　利根川発先生の歌碑

再びを訪ひてまみえし朱鷺の羽婚姻色に変はれるもゐて

夜の更けの雨の音にもいや増せり声を限りに啼くほととぎす

木造の阿吽像古る仁王門あぢさゐ咲かす御寺に護らる

武州　桂木観音

石段（いしきだ）を上り撞きたる鐘の音余韻ひきつつ渓へ降りゆく

まみえ来し青年の眼の清々と濁りの無きを長く思へり

をひしばもかやつり草も一日が長き幼き遠き日とあり

途切れたる雲のあひまの苗場山雪残る肌須臾の間見する

谷川岳の白根葵も知らぬらし夏山ガイドは人ら率てゆく

だけかんば頼りて下る山の道いささか冷ゆる幹に触れつつ

母思ふ花

草闌けて野に還りたる峡の田に翅きらめかせ舞ふ赤とんぼ

秋の日の空の青きに召されゆく御柩白き菊に満たさる

平野扶美子先生

せんぶりの小さき花は追憶の里の小道の母思ふ花

わかちあふ域を越えたり作物を根刮(ねこそ)ぎ掘りて猪は奪へり

天災のごとしも猪に荒らされて喰ひ尽くされて芋の畑は

生業にあらば如何にか嘆くべし畑を荒らされみのり奪はれ

広ごれる埼玉(さきたま)の畠のひとところ手付かずの杜(もり)小埼沼(をさきぬま)護(も)る

沼の跡はつか残れる埼玉(さきたま)の津の名残の地黄葉散りぼふ

琴弾ける男(をのこ)の姿ありたるも盾持つ男も埴輪にはあり

武人とて兜らしきをかむりたる埴輪見しより憂への去らず

三つ四つ出掛けに採りて持ち来たる柚子はほのかに車内に香る

寿星明るく

二〇一〇年

賀状には寿星（じゅせい）明るく見ゆる地に住まへる幸の書き添へてあり

竜骨座　カノープス

読みさしの星物語また開く冬の夜空を見上げ来し後

擁壁工事の職人八十歳

得心のゆくまで一人手直しし間知石積みゆく名人の腕

身をつつむ作業着の袖アイロンのかかりてゐたりきりりと白く

手伝へる若き人らの礼深き言葉聞き留む工事現場に

半世紀越ゆる歳月一筋に間知石積みたる日々を語れり

壊れたるところ無きかと折々に過去の現場を巡れるも言ふ

土返す後へ先へと尾を振りて尉鶲寄る温き陽の畑

紅梅の咲き盛る枝に射す朝日祝ぎごとひとつ思ひて戸を繰る

つつましく三対の雛飾りたり娘の婚儀近づける日に

それぞれの遠さ近さを保ちつつ娘らは巣立てりひひな残して

春の陽を背(せな)に受けつつ起こす畑土が喜ぶ鍬が喜ぶ

さきくさの咲きて匂へる山の道里の祭りのさざめき聞ゆ

佐渡よりはいささか早く咲くならん庭に根付ける大三角草

猫の背の見えつ隠れつのつそりと青麦の畑よぎりてゆけり

桜咲く京の都に降り立ちて急きて目指すは子の伏せる部屋

小綺麗に片付く部屋に垣間見る離れ住む子の一人の暮し

二三日の家事をこなして戻りたり無理せぬやうにと言ふだけにして

裏庭に増えて咲き初むる著莪の花義母が句集の名にしたる花

馬鈴薯を囲む食卓ほの暗し哀しきものか人の飲食（おんじき）

ゴッホの絵

声を忘れず

小浜にて言交はしたる日の杳く河野裕子氏がん再発す

がん病むは家族みんなが可愛想河野裕子の声を忘れず

このやうに生きてゐますと詠まれたる歌たどり読むがん病む人の

詠み続け生命(いのち)一杯生きるとふがん病む歌人のつぶやき叫び

おろそかにしてはならじと誡むる歌に真向かふ歌に出会へば

窓近きあぢさゐ揺らし走りゆく銚子電鉄錆の匂ひす

やすやすと責むるなかれと思ひをり文へなきまま生きゐる人を

児童虐待を責める記事

読むごとに齟齬深まりてつひに決む購読新聞他紙に変へんと

橅の木の下に群れ立つ銀龍草鳩待峠発ちて先づ会ふ

颯爽とスカーフ巻ける山ガールたかねいばらの花の名を問ふ

蛇門岩攀ぢて登れる至仏山たかねなでしこ蕾よけつつ

児らの顔

オーデンセ・コペンハーゲン

童話集読み返しつつ訪ふ彼の地アンデルセンの何にぞ逢はん

入り口に靴屋のテーブルその奥にアンデルセンの小さきベッド

裏庭に小さきたんぽぽ咲きてをりアンデルセンの育ちたる家

児らの顔母親の顔観つつをりアンデルセンの公園に来て

宮殿の前にはにかむ衛兵の青年の頬ほんのり紅し

デンマークの若者が笑み教へくるコインランドリーにその使ひ方

父偲ぶよすがのひとつ使はんか螺鈿の文箱出だして磨く

父母を偲ぶよすがか残りたる文読み返す生まれ日の宵

義父の遺品整理（十三回忌に）

お役目と思ひて整理す亡き人の触れてはならぬこと畏れつつ

新たなる人の姿の浮かび来ぬ遺されし品整理しゆくに

整理なす書棚の中に見出しぬ澤瀉博士の万葉の本

澤瀉久孝博士

絵を描くほかに持たれし楽しみのひとつに短歌詠まれゐしとは

捨てられず読まずそのままた仕舞ふ日記手帳は亡き人のもの

残しおく遺品この後(のち)誰か見ん書画骨董にあらざればなほ

ためらふも捨つるを決むる品いくつ子らの世代に用なからんと

吾が残す品もかくして捨てられん用なきものかその大方は

終活のひとつ断捨離為さねばと物の整理に日々明け暮るる

いさぎよきシンプルライフ目指さんと不要の品を選る大仕事

残し来し「暮しの手帖」捨てかねつ新米主婦の吾が頼りたる

教へ子にもらひたるものまた仕舞ふ音信無くも名も顔も顕ち

善の蔵

義父義母の郷とて栃木に魅かれ来つ小春日和の文学散歩

白壁を映し流るる巴波川疾く力もて往時思はす

遺さるる中の一つの善の蔵富わかちたる商人ぞあり

えにしある故か栃木の街親し秋祭り待つ山車にも触るる

聞え来る栃木訛の懐かしく父母の声またよみがへる

炎暑越え旱をしのぎ残りたる雪割草の上(へ)落ち葉降り積む

降り積める落ち葉の下(もと)にひっそりと春待つ気配大三角草

葉を落とし冬に向きゆく桂の木目白の残す巣を保ちつつ

目に見えぬ塵

二〇一一〜二〇一二年五月

雪の花

二〇一一年

手に遠き貴石およばぬ輝きを須臾の間見せて初日昇り来

正月の客のごとしも鶫(つぐみ)来て庭歩みをりまろく脹らみ

凍み透る松の葉に咲く雪の花金と銀とに朝光（あさかげ）反す

会津

とけぬまま氷浮かべる水盤（バードバス）に水加へおく来る鳥のため

入りつ陽の背（そびら）に射せる山脈（やまなみ）の影凜として秩父へ続く

梅の香とともに鶺鴒入り来たり八高線のドア開く間に

きさらぎの光は溢れせせらぎに浮かぶ椿の花弁（はなびら）の輝る

沖の石お水送りに後瀬山歌の友らに語るふるさと

ラジオにてアナウンサーが読み泥む「相聞」とふ語すたれゆくらし

試すかに入りては出で来る四十雀庭に掛けたる巣箱新し

目に見えぬ塵

若狭ではなくてみちのく福島につひに起こさる原発の事故

悠然と舞ふ鳥は何大地震大津波跡映す画面に

かうかうと大満月の渡りゆく空より降るか目に見えぬ塵

人の手はつひに天地を汚したり春浅き宵仰ぐ満月

桃すもも桜の花は盛りなりセシウムなども些か被き

馬鈴薯を植ゑつつ祈るこの大地汚す塵など降りませぬやう

学びつつ案じてをりし核の事故三十年余をただ歌に詠み

みちのくの子のなき母と母のなき子らになぐさの野の花の咲く

故郷の人ら重なり涙湧く放射能避け街を離れゆく

家離れて仮の住み所に向かひゆく人ら現に見る日来るとは

きのふ今日明日と被曝を引き受けて働きくるる人ら思へと

映像にあれど涙のあたたかし医師は悲しむ作業者被曝

大いなる犠牲のなくば後始末為し得ざるもの手放すはいつ

山ならば引き返すこととうにせり原発頼む道危ふきに

騙さるることの罪言ふ厚き本梅雨湿りせる書棚に戻す

陽に向かひ真白きシーツ干しゐしと大道あやの被爆の刹那

三度目の被曝知らざるまま逝けり大道あやの絵本曝書す

幾すぢの雪渓抱く会津駒田代湿原越えて見放くる

そそと咲く白き小ささをさばぐさ田代山吹く風に靡かふ

いただきに見放くる山野愛(は)しきやし彼の日より後いや増してなほ

夜の更けをあらん限りの声に鳴く蟬はひたすら街灯縋り

語らずば愁へはなきがごとくなり誰も誰もが語るにあらず

頑張りて医者になりたる人の言ふ「頑張らないで」揺らぎつつ聞く

覚悟なき身に響動(とよ)もせる大太鼓声明の声たましづめの経

護国寺　東日本大震災殉難者追悼・復興祈願チャリティーコンサート

茄子胡瓜ピーマントマト採りつつも放射能禍の憂へは消えず

小鳥来ぬ里山嘆く人の声聞くはうつつぞフクシマの今

小鳥来ぬ山となりたる福島の無辜の命の数々を思ふ

フクシマを二百四十キロ離るるとも有機農業の足元ゆらぐ

庭に降る落ち葉を掻けりこの年の堆肥作りを思案しつつも

冬星の輝き増せる空仰ぎシリウス連星Bを思へり

四十雀こげら目白の寄り合ひて師走の庭に平和を保つ

やうやくに

二〇一二年

待つことは希望のひとつ向きゆかな明るき方へ明るき方へ

いつになく朱の実残る初景色不安の過る沈黙の春

失ひし本当の空清き水戻れるはずの無き日の記憶

ひと月余遅れて来たる鳥どちの声々弾む立春の庭

何処(いづへ)にて過ぐしゐたるや鶫の群れ年明けてより花実(はなみ)啄む

やうやくに訪ひ呉れたるを思ひつつほしきままなる鴨を目に追ふ

巣箱よりはみ出で揺るる藁のくづ四十雀来て栖み始むらし

大地震の前よりかあるこの歪みひづみたるまま崩るるを怖づ

うつすらと雪被きたる秩父峰に鳥の一群れ向かひゆきたり

白鳥の一羽はぐれて来たれるか小さき沼に姿見せたり

知らぬ間に二羽となりたる白鳥は鴨の数羽に寄り添ひてゆく

一年をとにもかくにも過ぐしたり元に戻らぬ海山思ひて

彼の日より被曝背負ひて後始末引き受けくるる人らまた思ふ

故郷の原発めぐる記事に載る知り人の名に重ぬる苦悩

遅れつつ鳥は来たれり春の庭仔細ともあれ歓迎すべく

金星も木星も冴え雄々しかり面上ぐるべし春浅き夕

責めを負ふ人も無きまま過ぎゆけり原発事故の後も驕りて

以上六三八首

跋

中村美代子さんとの最初の出会いは、私が埼玉県の県立高校に勤務していた頃、公開講座として「短歌入門」を開講していた平成三年の頃の受講生であった。自ら短歌に興味を持たれていたのである。初めから繊細で切れの良い歌を詠んでいた。それ以前は俳句を作っていたと聞いている。平成三年七月には「花實短歌会」に入会された。以来欠詠もなく真剣に取り組んでいる。平成十七年には花實新人賞を、平成二十三年には花實賞をめでたく受賞された。平成二十三年からは選者にもなった。そして順調に歌の道を歩んでいる。月々の花實の編集、校正、発送にも尽力している。折あるごとに歌集を纏めるよう勧めてきたのだが、やっとこの度、重い腰を上げられた。主に「花實」に発表した二十年間の作品一七〇〇余首の中から厳選に厳選を重ねた末に六三八首に絞り込んだ。全作品に目を通したのだが、優劣が決められず、あとは本人にまかせることにした。
歌柄が良く、全体的に繊細で静かに澄んだ小さな世界をより好んで素材としている。生涯に一冊だけ孫子のために生きた証を出版する女の一生の生活詠ではない。この集には生活臭がない。どの一首を取ってみても鋭い刃物のような切れ味の良さと透徹した切り取り方は好ましい。また反面、哀感のあるもの、負の面を優しく包み込む抱擁力も兼ね備えている。ただし、故郷若狭の原発と今回の福島原発に対する思いは大きく、強い主張が漲っている。
さて、作品について少し触れておこう。

銀色（しろがね）のシベリウスの像めぐりては海へと戻る白夜の鷗
ロッキーの雪抱く山染めゆける朝日を冷気の中に眺むる
街路樹のオレンジの実は輝けりセビリアの空晴れて雲無し
セザンヌの絵の色のまま南仏の聖ヴィクトール山霧晴れて見ゆ

など外国旅行を素材とした歌もある。一首目は集名となった歌。フィンランドの旅である。シベリウスの首だけの像が岩の上にあって、パイプオルガンのようなモニュメントがあった。林の向こうは海である。「めぐりては」に余情がある。主に夫君が学会出席のため海外に行かれ、その随行による一人の旅が多いと聞いている。決して旅行案内にはならない。自身に引き付けた表現をしている。知識も深い。日常生活の一部のようでもある。

生かされてをりし幸せ手術後の吾に再び誕生日来る
余命など想ふことあり秋の野を静かに撫でて風の吹く時
賜はりし今日と思ひて暮らせよと病後のわれに母の文来る
怯えつつ検査結果を聞くための待合室にわれも居並ぶ
完治とふ言葉はつひぞ聞かざりき予後十年を迎ふる今日も

重い病気乳癌を患われた。再発のきざしは全くないものの不安はあるだろう。不安を抑えに抑え、冷静に詠んでいる。大上段にふりかぶることもなく、悲愴感に抑しつぶされもしない。それだけに哀感はこの上ない。

夜を騒ぐ恋猫のこと疎みつつ恋知らぬ子か机に向かふ

足癒えて体育祭に駆くる子の後遺症無き姿確かむ

つかの間の華やぎ残し娘は発てり広げし晴れ着今日はしまはん

学位授与のフーディングとふ儀式なり背（そびら）より師が授け賜へり

つつましく三対の雛飾りたり娘の婚儀近づける日に

三人の娘さんの大学院・留学などそれとなく詠まれているが自慢めいた子褒めの歌ではない。内省しながら静かに見詰めている。そこには母親の愛情の強さが潜んでいる。

逢ひにゆく時にくるくる回しゐし真白き日傘古りて黄ばめる

父母に会ひに行く旅ひとりたび光る五月の海も恋ひゆく

母乗せて車椅子押しゆつくりと進めば白き蝶も付き来る

故郷は時雨の頃か色褪むる母の形見の蛇の目を開く

それとない相聞歌も温かい。母上と義父の挽歌もある。人事と自然の取合せも巧みである。

オリオンが好きと言ふ子とシリウスの魅力も語りて仰ぐ冬星

シリウスを共に好みし二人なり無言に仰ぐ再会の宵

など星を素材とした歌もある。シリウス、オリオン、さそり座、昴、火星、冬の銀河、金星、寒すばる、寿星（カノープス）、シリウス連星Bなどである。静かな清らかな素材は洗練された表現となっている。

暖冬に大きく咲ける山茶花の鶫四五羽を遊ばせてをり

かなしみを誰に伝ふることも無く橅の木に降る雨を愛しむ

去来せるさびしきことのひとつなり蕎麦の苅りあとほの赤き茎

鶫が来て椋鳥が来て雀来て桑の大樹の実をわかちあふ

樹の声を聴くと耳当て動かざり児らそれぞれのポーズを保ち

これらは自然詠のなかに心象をこめた歌で中村短歌の特徴といえよう。

もんじゆとふ厳かなる名付けたるも事故は起これり故郷の街

故郷を思ふ心に刺のごと痛みとなりて原発はあり

美しき水晶浜（すいしやうがはま）その先に原子炉の塔白く聳ゆる

若狭ではなくてみちのく福島につひに起こさる原発の事故

小鳥来ぬ里山嘆く人の声聞くはうつつぞフクシマの今

最後に原発事故の歌でしめくくりたい。もし故郷福井県に原発事故が起きたら故郷を失う。原発を危惧する心をずっと持ち続けてきて、今回の福島の原発事故である。きれいごとのみ詠んではいられない切迫感があった。詠まねばならない差し迫った現実があった。やむにやまれず集の最後に詠み込んだ歌である。

以上長々と書き進めてきたが、透徹した洗練された、澄んだ歌群である。どうか一読されて中村短歌の境地にひたって頂きたい。必ずや触発されて歌心が高揚するであろう。

平成二十四年八月

利根川　発

あとがき

高校一年と二年生の二回、福井新聞社主催の文芸コンクールに国語の先生に引率されて行き、俳句と短歌の即詠をしてどちらも入選しました。その時の一句「幼な子の道をたどれば曼殊沙華」は覚えていますが、短歌は何を詠んだのかも忘れてしまっています。若い頃は俳句の方に興味がありひとりで長く詠み続けておりました。小さな私家版の句集『雪の道』を出したこともありました。

短歌をつくることはありませんでしたが、読むことは大好きでした。高校生の姉がＮＨＫの放送コンクールに出場したおり、郷土の歌人山川登美子について、原稿を朗読したり何かと話題にしていましたのでその生涯や作品に関心を抱いておりました。今から考えると登美子を通して芽生えた短歌への憧れをずっと持ち続けていたことになります。

二十年程前ふと短歌を初歩から学び詠んでみたいと考えるようになり、ちょうどその頃新聞のコラムで利根川発先生が選ばれた「学生百人一首」の短歌とコメントに接しました。瑞々しい雰囲気に魅力を感じ、近くで開かれていた公開講座を受講し、勧められるままに「花實短歌会」に入会して今に至っております。

これまで学業も仕事もすぐに挫折してしまった私が、二十年以上休むことなく「花實」に投稿できたことには感慨深いものがあります。しばらく前から利根川先生にそろそろ歌集に纏めるよう勧めていただきながらもためらい続けておりました。還暦を迎える年齢になり、夫の勧めもあり、やっと出版を決心致しました。がんの手術を受けたり病院通いの多い生活にもかかわらずここまで元気に過ごせたことを感謝し、これからのことを考えるきっかけにもしたいと思いました。

「花實」に入会した一九九一年から二〇一〇年までの作品を対象に少しずつ

準備を進めていたところ、東日本大震災、福島第一原子力発電所事故が起こりました。これまで故郷若狭の原発に何かあれば私は故郷を失うことになると、無事であることをただ祈るばかりの毎日を過ごしてきたのですが、事故の報道には大きな衝撃を受けました。遂に起きてしまった、防げなかった、これからどうなるのだろう、子供達の未来はどうなるのだろう。私に何かできることがあるのだろうか。歌集は止めてその分を寄付した方がいいのではと考えたりもいたしました。そして結局最初に決めていた方針を変えてこの一年余りの主に原発に関する作品も加えることにしました。

二〇一二年五月まで主として「花實」に発表した作品約一七〇〇首の中から六三八首を迷いながら選びました。これまでの日々を思い起こしながらの作業でした。越生の里山での有機農法による野菜作り、体調に合わせての登山、子育てや亡くなった両親とのことに加えて旅行の歌もあります。

歌集名『白夜の鷗』はフィンランドに行った時の作

白銀（しろがね）のシベリウスの像めぐりては海へと戻る白夜の鷗
によるものです。
海外旅行は殆ど夫の出張に同行した際のものです。同じ所に数日滞在し、夫は会議、私は一人で行動するという旅でした。青空市場やスーパーマーケット、公園、街の散歩などをとおし自然や人々の日常に触れることを楽しみました。訪れた先々で人々が大切にしていること、護ろうとしているものにも気付かされました。特に興味深かったのは子供達の遊ぶ様子や親子の姿であり、子供達を育むそれぞれの国の雰囲気を感じられたことは何よりの収穫でした。
一生の仕事にしたいと願って最初に就職したのが児童養護施設でしたので、子供を詠んだ歌が多くなっています。今でも子供をとりまく環境に強い関心を持っています。初めての社会生活を通して学んだことが、私の人生観、価値観に大きく影響していると思います。様々なことを願いながら何も行動できない自分を恥じ、非力感、無力感を抱くことが多く、そんな気持ちや、心を慰めてくれる美しい自然を詠んできました。
　短歌の定型を守ることのほかは自由に思いのままに作ってきましたが、素朴で純な一行の詩への憧憬はあります。そして短歌を通して世界がより広がり深まることを願っています。大勢の人に届くことは難しいことですが、たった一人であってもその心に深く沁み入るような作品ができればと思っています。この歌集の中に一首でもそれに近い歌があればそれは何より嬉しいことです。
　この第一歌集上梓にあたり、入会以来ご指導いただき、歌集にまとめて省みることにより更なる前進への糧にするようにと説いてくださった利根川発先生に心より感謝しております。遅々として準備の進まない私への的確な助言に加え、過分な跋文を戴きましたことに厚く御礼申し上げます。
　これまでご指導戴きました、「花實短歌会」の神作光一、高久茂、稲村恒次、三友清史、石川勝利の諸先生方はじめ選者の先生方、親しく御助言下さる鳩山歌会、氷川台歌会ほか歌友の皆様に感謝いたします。

カバーのデザインは、この春三重大学での勤務を終えられ、越生に帰られたばかりの、草地元さんに長年の交友を頼みにお願いいたしました。快く引き受けてくださりありがとうございました。

現代短歌新聞社の道具武志社長、今泉洋子様はじめスタッフの皆様に感謝し御礼申し上げます。

それからいつも私の短歌生活に協力し、迷いの多い私の背中を押し出版を決意させてくれた夫に心から感謝します。

二〇一二年八月

中村美代子

著者略歴

1949年10月　福井県生れ
1991年７月　「花實短歌会」入会
2005年５月　花實新人賞受賞
2011年５月　花實賞受賞
現在　「花實」編集委員・選者
句集　『雪の道』 合同歌集『百鳥のこゑ』１集、２集
所属　「花實短歌会」「日本歌人クラブ」「埼玉県歌人会」「柴舟会」

歌集 白夜の鷗　　花實叢書第145篇

平成24年10月７日　発行

著　者　中村美代子
〒350-0416 埼玉県入間郡越生町越生617-15
電話 049-292-5598
発行人　道具武志
印　刷　㈱キャップス
発行所　現代短歌社
〒113-0033 東京都文京区本郷1-35-26
振替口座　00160-5-290969
電　　話　03(5804)7100

定価2500円(本体2381円＋税)
ISBN978-4-906846-18-4 C0092 ¥2381E